# 님의 沈默

# 군말

「님」만 님이 아니라 기룬 것은 다 님이다 衆生(중생)이 釋迦(석가)의 님이라면 哲學(철학)은 칸트의 님이다 薔薇花(장미화)의 님이 봄비라면 마시니의 님은 伊太利(이태리)다 님은 내가 사랑할 뿐 아니라 나를 사랑하나니라

戀愛(연애)가 自由(자유)라면 님도 自由일 것이다 그러나 너희는 이름 좋은 自由에 알뜰한 拘束(구속)을 받지 않너냐 너에게도 님이 있너냐 있다면 님이 아니라 너의 그림자니라

나는 해 저문 벌판에서 돌어가는 길을 잃고 헤매는 어린 羊(양)이 기루어서 이 詩(시)를 쓴다

著者(저자)

# 차례

# 차례

차례

# 차례

## 차례

# 차례

# 차례

# 차례

# 님의 沈默(침묵)

님은 갔습니다 아아 사랑하는 나의 님은 갔습니다

푸른 산빛을 깨치고 단풍나무숲을 향하야 난 적은 길을 걸어서 차마 떨치고 갔습니다

黃金(황금)의 꽃같이 굳고 빛나던 옛 盟誓(맹서)는 차디찬 티끌이 되야서 한숨의 微風(미풍)에 날어갔습니다

날카로운 첫 「키쓰」의 追憶(추억)은 나의 運命(운명)의 指針(지침)을 돌려놓고 뒷걸음쳐서 사라졌습니다

나는 향기로운 님의 말소리에 귀먹고 꽃다운 님의 얼굴에 눈멀었습니다

사랑도 사람의 일이라 만날 때에 미리 떠날 것을 염려하고 경계하지

# 님의 沈默

아니한 것은 아니지만 이별은 뜻밖의 일이 되고 놀란 가슴은 새로운 슬픔에 터집니다

그러나 이별을 쓸데없는 눈물의 源泉(원천)을 만들고 마는 것은 스스로 사랑을 깨치는 것인 줄 아는 까닭에 걷잡을 수 없는 슬픔의 힘을 옮겨서 새 希望(희망)의 정수박이에 들어부었습니다

우리는 만날 때에 떠날 것을 염려하는 것과 같이 떠날 때에 다시 만날 것을 믿습니다

아아 님은 갔지마는 나는 님을 보내지 아니하얐습니다

제 곡조를 못 이기는 사랑의 노래는 님의 沈默(침묵)을 휩싸고 돕니다

## 이별은 美의 創造

이별은 美의 創造입니다

이별의 美는 아침의 바탕(質) 없는 黃金과 밤의 올(糸) 없는 검은 비단과 죽음 없는 永遠의 生命과 시들지 않는 하늘의 푸른 꽃에도 없습니다

님이여 이별이 아니면 나는 눈물에서 죽었다가 웃음에서 다시 살어날 수가 없습니다 오오 이별이여

美는 이별의 創造입니다

## 알 수 없어요

바람도 없는 공중에 垂直(수직)의 波紋(파문)을 내이며 고요히 떨어지는 오동잎
은 누구의 발자취입니까

지리한 장마 끝에 서풍에 몰려가는 무서운 검은 구름의 터진 틈으로
언뜻언뜻 보이는 푸른 하늘은 누구의 얼굴입니까

꽃도 없는 깊은 나무에 푸른 이끼를 서쳐서 옛 塔(탑) 위의 고요한 하늘
을 스치는 알 수 없는 향기는 누구의 입김입니까

근원은 알지도 못할 곳에서 나서 돌뿌리를 울리고 가늘게 흐르는 적
은 시내는 굽이굽이 누구의 노래입니까

연꽃 같은 발꿈치로 가이없는 바다를 밟고 옥 같은 손으로 끝없는 하
늘을 만지면서 떨어지는 날을 곱게 단장하는 저녁놀은 누구의 詩(시)입니까

# 默沈의 님

타고 남은 재가 다시 기름이 됩니다 그칠 줄을 모르고 타는 나의 가슴은 누구의 밤을 지키는 약한 등불입니까

# 나는 잊고저

남들은 님을 생각한다지만
나는 님을 잊고저 하야요
잊고저 할수록 생각하기로
행여 잊힐까 하고 생각하야 보았습니다

잊으랴면 생각하고
생각하면 잊히지 아니하니
잊도 말고 생각도 말어 볼까요
잊든지 생각든지 내버려두어 볼까요
그러나 그리도 아니 되고

# 默沈의 님

끊임없는 생각 생각에 님뿐인데 어찌하야요
구태여 잊으랴면
잊을 수가 없는 것은 아니지만
잠과 죽음뿐이기로
님 두고는 못하야요

아아 잊히지 않는 생각보다
잊고저 하는 그것이 더욱 괴롭습니다

## 가지 마서요

그것은 어머니의 가슴에 머리를 숙이고 자기자기한 사랑을 받으랴고 삐죽거리는 입술로 表情하는 어여쁜 아기를 싸안으랴는 사랑의 날개가 아니라 敵의 旗발입니다

그것은 慈悲의 白毫光明이 아니라 번득거리는 惡魔의 눈(眼)빛입니다

그것은 冕旒冠과 黃金의 누리와 죽음과를 본 체도 아니하고 몸과 마음을 돌돌 뭉쳐서 사랑의 바다에 퐁당 넣으랴는 사랑의 女神이 아니라 칼의 웃음입니다

아아 님이여 慰安에 목마른 나의 님이여 걸음을 돌리서요 거기를 가지 마서요 나는 싫여요

# 默沈의 님

大地(대지)의 音樂(음악)은 無窮花(무궁화) 그늘에 잠들었습니다
光明(광명)의 꿈은 검은 바다에서 자맥질합니다
무서운 沈默(침묵)은 萬像(만상)의 속살거림에 서슬이 푸른 教訓(교훈)을 나리고 있습니다

아아 님이여 새 生命(생명)의 꽃에 醉(취)하랴는 나의 님이여 걸음을 돌리서요
거기를 가지 마서요 나는 싫여요

거룩한 天使(천사)의 洗禮(세례)를 받은 純潔(순결)한 青春(청춘)을 똑 따서 그 속에 自己(자기)의
生命(생명)을 넣어 그것을 사랑의 祭壇(제단)에 祭物(제물)로 드리는 어여쁜 處女(처녀)가 어데
있어요
달금하고 맑은 향기를 꿀벌에게 주고 다른 꿀벌에게 주지 않는 이상
한 百合(백합)꽃이 어데 있어요

# 默沈의 님

自身의 全體를 죽음의 青山에 장사지내고 흐르는 빛(光)으로 밤을
두 쪼각에 베이는 반딧불이 어데 있어요
아아 님이여 情에 殉死하랴는 나의 님이여 걸음을 돌리서요 거기를
가지 마서요 나는 싫여요

그 나라에는 虛空이 없습니다
그 나라에는 그림자 없는 사람들이 戰爭을 하고 있습니다
그 나라에는 宇宙萬象의 모든 生命의 쇳대를 가지고 尺度를 超越한
森嚴한 軌律로 進行하는 偉大한 時間이 停止되었습니다
아아 님이여 죽음을 芳香이라고 하는 나의 님이여 걸음을 돌리서요
거기를 가지 마서요 나는 싫여요

# 고적한 밤

하늘에는 달이 없고 땅에는 바람이 없습니다
사람들은 소리가 없고 나는 마음이 없습니다

宇宙(우주)는 죽음인가요
人生(인생)은 잠인가요

한 가닥은 눈썹에 걸치고 한 가닥은 적은 별에 걸쳤든 님 생각의 金(금)
실은 살살살 걷힙니다
한 손에는 황금의 칼을 들고 한 손으로 天國(천국)의 꽃을 꺾던 幻想(환상)의
女王(여왕)도 그림자를 감추었습니다

# 默沈의 님

아아 님 생각의 金(금)실과 幻想(환상)의 女王(여왕)이 두 손을 마주 잡고 눈물의 속
에서 情死(정사)한 줄이야 누가 알어요

宇宙(우주)는 죽음인가요
人生(인생)은 눈물인가요
人生이 눈물이면
죽음은 사랑인가요

# 나의 길

이 세상에는 길도 많기도 합니다

산에는 들길이 있습니다 바다에는 뱃길이 있습니다 공중에는 달과
별의 길이 있습니다

강가에서 낚시질하는 사람은 모래 위에 발자취를 내입니다 들에서
나물 캐는 女子(여자)는 芳草(방초)를 밟습니다

악한 사람은 죄의 길을 좇아 갑니다

義(의) 있는 사람은 옳은 일을 위하야는 칼날을 밟습니다

서산에 지는 해는 붉은 놀을 밟습니다

봄 아침의 맑은 이슬은 꽃머리에서 미ㄲ름 탑니다

그러나 나의 길은 이 세상에 둘밖에 없습니다

## 默沈의 님

하나는 님의 품에 안기는 길입니다
그렇지 아니하면 죽음의 품에 안기는 길입니다
그것은 만일 님의 품에 안기지 못하면 다른 길은 죽음의 길보다 험하고 괴로운 까닭입니다
아아 나의 길은 누가 내었습니까
아아 이 세상에는 님이 아니고는 나의 길을 내일 수가 없습니다
그런데 나의 길을 님이 내었으면 죽음의 길은 왜 내셨을까요

# 꿈 깨고서

님이면은 나를 사랑하련마는 밤마다 문밖에 와서 발자취 소리만 내이고 한 번도 들어오지 아니하고 도로 가니 그것이 사랑인가요

그러나 나는 발자취나마 님의 문밖에 가본 적이 없습니다

아마 사랑은 님에게만 있나버요

아아 발자취 소리나 아니더면 꿈이나 아니 깨었으련마는 꿈은 님을 찾아가랴고 구름을 탔었어요

## 藝術家(예술가)

나는 서투른 畵家(화가)여요 잠 아니 오는 잠자리에 누워서 손가락을 가슴에 대고 당신의 코와 입과 두 볼에 새암 파지는 것까지 그렸습니다
그러나 언제든지 적은 웃음이 떠도는 당신의 눈자위는 그리다가 백번이나 지웠습니다

나는 파겁 못한 聲樂家(성악가)여요
이웃 사람도 돌아가고 버러지 소리도 끈쳤는데 당신의 가르쳐 주시든 노래를 부르랴다가 조는 고양이가 부끄러워서 부르지 못하얏습니다
그래서 가는 바람이 문풍지를 스칠 때에 가만히 合唱(합창)하얏습니다

# 默沈의 님

나는 敍情詩人(서정시인)이 되기에는 너무도 素質(소질)이 없나버요
「즐거움」이니 「슬픔」이니 「사랑」이니 그런 것은 쓰기 싫여요
당신의 얼굴과 소리와 걸음걸이와를 그대로 쓰고 싶습니다
그리고 당신의 집과 寢臺(침대)와 꽃밭에 있는 작은 돌도 쓰겠습니다

## 이별

아아 사람은 약한 것이다 여린 것이다 간사한 것이다
이 세상에는 진정한 사랑의 이별은 있을 수가 없는 것이다
죽음으로 사랑을 바꾸는 님과 님에게야 무슨 이별이 있으랴
이별의 눈물은 물거품의 꽃이요 鍍金한 金방울이다

칼로 베힌 이별의 「키쓰」가 어데 있너냐
生命의 꽃으로 빚은 이별의 杜鵑酒가 어데 있너냐
피의 紅寶石으로 만든 이별의 紀念반지가 어데 있너냐
이별의 눈물은 咀呪의 摩尼珠요 거짓의 水晶이다

사랑의 이별은 이별의 反面(반면)에 반드시 이별하는 사랑보다 더 큰 사랑이 있는 것이다
혹은 直接(직접)의 사랑은 아닐지라도 間接(간접)의 사랑이라도 있는 것이다
다시 말하면 이별하는 愛人(애인)보다 自己(자기)를 더 사랑하는 것이다
만일 愛人(애인)을 自己(자기)의 生命(생명)보다 더 사랑하면 無窮(무궁)을 回轉(회전)하는 時間(시간)의 수레바퀴에 이끼가 끼도록 사랑의 이별은 없는 것이다
아니다 아니다 「참」보다도 참인 님의 사랑엔 죽음보다도 이별이 훨씬 偉大(위대)하다
죽음이 한 방울의 찬 이슬이라면 이별은 일천 줄기의 꽃비다
죽음이 밝은 별이라면 이별은 거룩한 太陽(태양)이다

生命(생명)보다 사랑하는 愛人(애인)을 사랑하기 위하야는 죽을 수가 없는 것이다
진정한 사랑을 위하야는 괴롭게 사는 것이 죽음보다도 더 큰 犧牲(희생)이다
이별은 사랑을 위하야 죽지 못하는 가장 큰 苦痛(고통)이요 報恩(보은)이다
愛人은 이별보다 愛人의 죽음을 더 슬퍼하는 까닭이다
사랑은 붉은 촛불이나 푸른 술에만 있는 것이 아니라 먼 마음을 서로
비치는 無形(무형)에도 있는 까닭이다
그러므로 사랑하는 愛人을 죽음에서 웃지 못하고 이별에서 우는 것
이다
그러므로 愛人을 위하야는 이별의 怨恨(원한)을 죽음의 愉快(유쾌)로 갚지 못하
고 슬픔의 苦痛(고통)으로 참는 것이다

# 님의 沈默

그러므로 사랑은 차마 죽지 못하고 차마 이별하는 사랑보다 더 큰 사
랑은 없는 것이다

그러고 진정한 사랑은 곳이 없다
진정한 사랑은 愛人의 抱擁만 사랑할 뿐 아니라 愛人의 이별도 사랑
하는 것이다

그러고 진정한 사랑은 때가 없다
진정한 사랑은 間斷이 없어서서 이별은 愛人의 肉뿐이요 사랑은
無窮이다

아아 진정한 愛人을 사랑함에는 죽음은 칼을 주는 것이요 이별은 꽃

을 주는 것이다

아아 이별의 눈물은 眞[진]이요 善[선]이요 美[미]다

아아 이별의 눈물은 釋迦[석가]요 모세요 짠다크다

# 길이 막혀

당신의 얼굴은 달도 아니언만
산 넘고 물 넘어 나의 마음을 비춥니다

나의 손길은 왜 그리 짜러서
눈앞에 보이는 당신의 가슴을 못 만지나요

당신이 오기로 못 올 것이 무엇이며
내가 가기로 못 갈 것이 없지마는
산에는 사다리가 없고
물에는 배가 없어요

## 默沈의 님

뉘라서 사다리를 떼고 배를 깨트렸습니까
나는 보석으로 사다리 놓고 진주로 배 모아요
오시랴도 길이 막혀서 못 오시는 당신이 기루어요

## 自由貞操(자유정조)

내가 당신을 기다리고 있는 것은 기다리고자 하는 것이 아니라 기다려지는 것입니다
말하자면 당신을 기다리는 것은 貞操(정조)보다도 사랑입니다

남들은 나더러 時代(시대)에 뒤진 낡은 女性(여성)이라고 삐죽거립니다 區區(구구)한 貞操(정조)를 지킨다고

그러나 나는 時代性(시대성)을 理解(이해)하지 못하는 것도 아닙니다
人生(인생)과 貞操(정조)의 深刻(심각)한 批判(비판)을 하야 보기도 한두 번이 아닙니다
自由戀愛(자유연애)의 神聖(신성)(?)을 덮어놓고 不定(부정)하는 것도 아닙니다
大自然(대자연)을 따라서 超然生活(초연생활)을 할 생각도 하야 보았습니다

그러나 究竟(구경)、萬事(만사)가 다 저의 좋아하는 대로 말한 것이요 행한 것입니다

나는 님을 기다리면서 괴로움을 먹고 살이 찝니다 어려움을 입고 키가 큽니다

나의 貞操(정조)는 「自由貞操(자유정조)」입니다

## 하나가 되야 주서요

님이여 나의 마음을 가져가랴거든 마음을 가진 나한지 가져가서요
그리하야 나로 하야금 님에게서 하나가 되게 하서요

그렇지 아니하거든 나에게 고통만을 주지 마시고 님의 마음을 다 주서요 그리고 마음을 가진 님한지 나에게 주서요 그래서 님으로 하야금 나에게서 하나가 되게 하서요

그렇지 아니하거든 나의 마음을 돌려보내 주서요 그러고 나에게 고통을 주서요

그러면 나는 나의 마음을 가지고 님의 주시는 고통을 사랑하겠습니다

## 나룻배와 行人(행인)

나는 나룻배
당신은 行人(행인)

당신은 흙발로 나를 짓밟습니다
나는 당신을 안고 물을 건너갑니다
나는 당신을 안으면 깊으나 옅으나 급한 여울이나 건너갑니다

만일 당신이 아니 오시면 나는 바람을 쐬고 눈비를 맞으며 밤에서 낮까지 당신을 기다리고 있습니다
당신은 물만 건느면 나를 돌아보지도 않고 가십니다그려

# 默 沈 의 님

그러나 당신이 언제든지 오실 줄만은 알어요
나는 당신을 기다리면서 날마다 날마다 낡어갑니다
나는 나룻배
당신은 行人

# 차라리

님이여 오서요 오시지 아니하랴면 차라리 가서요 가랴다 오고 오랴다 가는 것은 나에게 목숨을 빼앗고 죽음도 주지 않는 것입니다

님이여 나를 책망하랴거든 차라리 큰소리로 말씀하야 주서요 沈默(침묵)으로 책망하지 말고 沈默으로 책망하는 것은 아픈 마음을 얼음바늘로 찌르는 것입니다

님이여 나를 아니 보랴거든 차라리 눈을 돌려서 감으서요 흐르는 곁눈으로 흘겨보지 마서요 곁눈으로 흘겨보는 것은 사랑의 보(褓)에 가시의 선물을 싸서 주는 것입니다

# 나의 노래

나의 노랫가락의 고저장단은 대중이 없습니다
그래서 세속의 노래 곡조와는 조금도 맞지 않습니다
그러나 나는 나의 노래가 세속 곡조에 맞지 않는 것을 조금도 애달퍼하지 않습니다

나의 노래는 세속의 노래와 다르지 아니하면 아니 되는 까닭입니다

곡조는 노래의 缺陷(결함)을 억지로 調節(조절)하랴는 것입니다
곡조는 不自然(부자연)한 노래를 사람의 妄想(망상)으로 도막쳐 놓는 것입니다
참된 노래에 곡조를 붙이는 것은 노래의 自然(자연)에 恥辱(치욕)입니다
님의 얼굴에 단장을 하는 것이 도로혀 험이 되는 것과 같이 나의 노래에 곡조를 붙이면 도로혀 缺點(결점)이 됩니다

# 默沈의 님

나의 노래는 사랑의 神(신)을 울립니다
나의 노래는 處女(처녀)의 靑春(청춘)을 쥡짜서 보기도 어려운 맑은 물을 만듭니다
나의 노래는 님의 귀에 들어가서는 天國(천국)의 音樂(음악)이 되고 님의 꿈에 들어가서는 눈물이 됩니다

나의 노래가 산가 들을 지나서 멀리 계신 님에게 들리는 줄을 나는 압니다
나의 노랫가락이 바르르 떨다가 소리를 어르지 못할 때에 나의 노래가 님의 눈물겨운 고요한 幻想(환상)으로 들어가서 사러지는 것을 나는 분명히 압니다
나는 나의 노래가 님에게 들리는 것을 생각할 때에 光榮(광영)에 넘치는 나의 작은 가슴은 발발발 떨면서 沈默(침묵)의 音譜(음보)를 그립니다

## 당신이 아니더면

당신이 아니더면 포시럽고 매끄럽든 얼굴이 왜 주름살이 접혀요
당신이 기룹지만 않더면 언제까지라도 나는 늙지 아니할 테여요
맨 츰에 당신에게 안기든 그대대로 있을 테여요

그러나 늙고 병들고 죽기까지라도 당신 때문이라면 나는 싫지 안하여요

나에게 생명을 주던지 죽음을 주던지 당신의 뜻대로만 하서요
나는 곧 당신이여요

# 잠 없는 꿈

나는 어느 날 밤에 잠 없는 꿈을 꾸었습니다
「나의 님은 어데 있어요 나는 님을 보러 가겠습니다 님에게 가는 길을 가져다가 나에게 주서요 검이여」
「너의 가랴는 길은 너의 님의 오랴는 길이다 그 길을 가져다 너에게 주면 너의 님은 올 수가 없다」
「내가 가기만 하면 님은 아니 와도 관계가 없습니다」
「너의 님의 오랴는 길을 너에게 갖다 주면 너의 님은 다른 길로 오게 된다 네가 간대도 너의 님을 만날 수가 없다」
「그러면 그 길을 가져다가 나의 님에게 주서요」
「너의 님에게 주는 것이 너에게 주는 섯과 같다 사람마다 저의 길이

각각 있는 것이다」
「그러면 어찌하여야 이별한 님을 만나보겠습니까」
「네가 너를 가져다가 너의 가랴는 길에 주어라 그리하고 쉬지 말고
가거라」
「그리할 마음은 있지마는 그 길에는 고개도 많고 물도 많습니다 갈
수가 없습니다」
검은 「그러면 너의 님을 너의 가슴에 안겨 주마」 하고 나의 님을 나
에게 안겨 주었습니다
나는 나의 님을 힘껏 껴안었습니다
나의 팔이 나의 가슴을 아프도록 다칠 때에 나의 두 팔에 베어진
虛空(허공)은 나의 팔을 뒤에 두고 이어졌습니다

## 生命(생명)

닻과 키를 잃고 거친 바다에 漂流(표류)된 적은 生命(생명)의 배는 아즉 發見(발견)도 아니 된 黃金(황금)의 나라를 꿈꾸는 한 줄기 希望(희망)의 羅針盤(나침반)이 되고 航路(항로)가 되고 順風(순풍)이 되야서 물결의 한끝은 하늘을 치고 다른 물결의 한끝은 땅을 치는 무서운 바다에 배질합니다

님이여 님에게 바치는 이 작은 生命(생명)을 힘껏 껴안아 주서요

이 적은 生命이 님의 품에서 으서진다 하야도 歡喜(환희)의 靈地(영지)에서 殉情(순정)한 生命의 破片(파편)은 最貴(최귀)한 보석이 되어서 쪼각쪼각이 適當(적당)히 이어져서 님의 가슴에 사랑의 徽章(휘장)을 걸겠습니다

님이여 끝없는 沙漠(사막)에 한 가지의 깃들일 나무도 없는 적은 새인 나의 生命(생명)을 님의 가슴에 으서지도록 껴안아 주서요

# 默 沈 의 님

그러고 부서진 生命(생명)의 쪼각쪼각에 입 맞춰 주서요

# 사랑의 測量(측량)

즐겁고 아름다운 일은 量(양)이 많을수록 좋은 것입니다
그런데 당신의 사랑은 量이 적을수록 좋은가버요
당신의 사랑은 당신과 나와 두 사람의 사이에 있는 것입니다
사랑의 量을 알려면 당신과 나의 距離(거리)를 測量(측량)할 수밖에 없습니다
그래서 당신과 나의 距離가 멀면 사랑의 量이 많고 거리가 가까우면
사랑의 量이 적을 것입니다
그런데 적은 사랑은 나를 비웃더니 많은 사랑은 나를 울립니다

뉘라서 사람이 멀어지면 사랑도 멀어진다고 하여요
당신이 가신 뒤로 사랑이 멀어졌으면 날마다 날마다 나를 울리는 것

은 사랑이 아니고 무엇이여요

## 眞珠(진주)

언제인지 내가 바닷가에서 가서 조개를 주웠지요 당신은 나의 치마를
걷어 주셨어요 진흙 묻는다고
집에 와서는 나를 어린 아기 같다고 하셨지요 조개를 주워다가 장난한
다고 그러고 나가시더니 금강석을 사다 주셨습니다 당신이
나는 그때에 조개 속에서 진주를 얻어서 당신의 작은 주머니에 너드렸
습니다
당신이 어디 그 진주를 가지고 기서요 잠시라도 왜 남을 빌려 주서요

## 슬픔의 三昧(삼매)

하늘의 푸른빛과 같이 깨끗한 죽음은 群動(군동)을 淨化(정화)합니다
虛無(허무)의 빛(光)인 고요한 밤은 大地(대지)에 君臨(군림)하얏습니다
힘없는 촛불 아래에 사릿드리고 외로이 누워 있는 오오 님이여
눈물의 바다에 꽃배를 띄웠습니다
꽃배는 님을 싣고 소리도 없이 가라앉었습니다
나는 슬픔의 三昧(삼매)에 「我空(아공)」이 되얏습니다
꽃향기의 무르녹은 안개에 醉(취)하야 靑春(청춘)의 曠野(광야)에 비틀걸음치는 美人(미인)
이여
죽음을 기러기 털보다도 가벼웁게 여기고 가슴에서 타오르는 불꽃을

얼음처럼 마시는 사랑의 狂人이여
아아 사랑에 병들어 自己의 사랑에게 自殺을 勸告하는 사랑의
失敗者여
그대는 滿足한 사랑을 받기 위하여 나의 팔에 안겨요
나의 팔은 그대의 사랑의 分身인 줄을 그대는 왜 모르서요

# 의심하지 마서요

의심하지 마서요 당신과 떨어져 있는 나에게 조금도 의심을 두지 마서요
의심을 둔대야 나에게는 별로 관계가 없으나 부질없이 당신에게 苦痛(고통)의 數字(숫자)만 더할 뿐입니다

나는 당신의 첫사랑의 팔에 안길 때에 왼갖 거짓의 옷을 다 벗고 세상에 나온 그대로의 발게벗은 몸을 당신의 앞에 놓았습니다 지금까지도 당신의 앞에는 그때에 놓아둔 몸을 그대로 받들고 있습니다

만일 人爲(인위)가 있다면 「어찌하여야 츰 마음을 변치 않고 끝끝내 거짓

# 默沈의 님

없는 몸을 님에게 바칠고」 하는 마음뿐입니다
당신의 命令이라면 生命의 옷까지도 벗겠습니다

나에게 죄가 있다면 당신을 그리워하는 나의 「슬픔」입니다
당신이 가실 때에 나의 입술에 수가 없이 입 맞추고 「부디 나에게 대하야 슬퍼하지 말고 잘 있으라」고 한 당신의 간절한 부탁에 違反되는 까닭입니다

그러나 그것만은 용서하야 주서요
당신을 그리워하는 슬픔은 곧 나의 生命인 까닭입니다

만일 용서하지 아니하면 後日에 그에 대한 벌을 風雨의 봄새벽의 落花의 數만치라도 받겠습니다

당신의 사랑의 동아줄에 휘감기는 體刑(체형)도 사양치 않겠습니다
당신의 사랑의 酷法(혹법) 아래에 일만 가지로 服從(복종)하는 自由刑(자유형)도 받겠습니다

그러나 당신이 나에게 의심을 두시면 당신의 의심의 허물과 나의 슬픔의 죄를 맞비기고 말겠습니다

당신에게 떨어져 있는 나에게 의심을 두지 마서요 부질없이 당신에게 苦痛(고통)의 數字(숫자)를 더하지 마서요

# 당신은

당신은 나를 보면 왜 늘 웃기만 하서요 당신의 찡그리는 얼굴을 좀
보고 싶은데
나는 당신을 보고 찡그리기는 싫여요 당신은 찡그리는 얼굴을 보기
싫여하실 줄을 압니다
그러나 떨어진 도화가 날어서 당신의 입술을 스칠 때에 나는 이마가
찡그려지는 줄도 모르고 울고 싶었습니다
그래서 금실로 수놓은 수건으로 얼굴을 가렸습니다

## 幸福(행복)

나는 당신을 사랑하고 당신의 행복을 사랑합니다 나는 왼 세상 사람이 당신을 사랑하고 당신의 행복을 사랑하기를 바랍니다

그러나 정말로 당신을 사랑하는 사람이 있다면 나는 그 사람을 미워하겠습니다 그 사람을 미워하는 것은 당신을 사랑하는 마음의 한부분입니다

그러므로 그 사람을 미워하는 고통도 나에게는 행복입니다

만일 왼 세상 사람이 당신을 미워한다면 나는 그 사람을 얼마나 미워하겠습니까

만일 왼 세상 사람이 당신을 사랑하지도 않고 미워하지도 않는다면

그것은 나의 일생에 견딜 수 없는 불행입니다

# 默沈의 님

만일 왼 세상 사람이 당신을 사랑하고자 하야 나를 미워한다면 나의
행복은 더 클 수가 없습니다
그것은 모든 사람의 나를 미워하는 怨恨(원한)의 豆滿江(두만강)이 깊을수록 나의
당신을 사랑하는 幸福(행복)의 白頭山(백두산)이 높어지는 까닭입니다

## 錯착認인

나려오서요 나의 마음이 자릿자릿하여요 곧 나려오서요
사랑하는 님이여 어찌 그렇게 높고 가는 나뭇가지 위에서 춤을 추서요
두 손으로 나뭇가지를 단단히 붙들고 고이고이 나려오서요
에그 저 나무 잎새가 연꽃 봉오리 같은 입술을 스치겠네 어서 나려오
서요

「네 네 나려가고 싶은 마음이 잠자거나 죽은 것은 아닙니다마는 나
는 아시는 바와 같이 여러 사람의 님인 때문이어요 향기로운 부르심을
거스르고자 하는 것은 아닙니다」고 버들가지에 걸린 반달은 해쭉해쭉
웃으면서 이렇게 말하는 듯하얏습니다

# 默沈의 님

나는 작은 풀잎만치도 가림이 없는 발가벗은 부끄럼을 두 손으로 움켜쥐고 빠른 걸음으로 잠자리에 들어가서 눈을 감고 누웠습니다

나려오지 않는다던 반달이 삽분삽분 걸어와서 창밖에 숨어서 나의 눈을 엿봅니다

부끄럽던 마음이 갑자기 무서워서 떨려집니다

## 밤은 고요하고

밤은 고요하고 방은 물로 시친 듯합니다
이불은 개인 채로 옆에 놓아두고 화롯불을 다듬거리고 앉었습니다
밤은 얼마나 되얏는지 화롯불은 꺼져서 찬 재가 되얏습니다
그러나 그를 사랑하는 나의 마음은 오히려 식지 아니하얏습니다
닭의 소리가 채 나기 전에 그를 만나서 무슨 말을 하얏는데 꿈조차
분명치 않습니다그려

## 秘密(비밀)

秘密입니까 秘密이라니요 나에게 무슨 秘密이 있겠습니까
나는 당신에게 대하야 秘密을 지키려고 하얏습니다마는 秘密은 야속
히도 지켜지지 아니하얏습니다

나의 秘密은 눈물을 거쳐서 당신의 視覺(시각)으로 들어갔습니다
나의 秘密은 한숨을 거쳐서 당신의 聽覺(청각)으로 들어갔습니다
나의 秘密은 떨리는 가슴을 거쳐서 당신의 觸覺(촉각)으로 들어갔습니다
그 밖에 秘密은 한 조각 붉은 마음이 되야서 당신의 꿈으로 들어갔습니다
그러고 마즈막 秘密은 하나 있습니다 그러나 그 秘密은 소리 없는 메
아리와 같아서 表現(표현)할 수가 없습니다

## 사랑의 存在(존재)

사랑을 「사랑」이라고 하면 벌써 사랑은 아닙니다
사랑을 이름 지을 만한 말이나 글이 어데 있습니까
微笑(미소)에 눌려서 괴로운 듯한 薔薇(장미)빛 입술인들 그것을 스칠 수가 있습니까
눈물의 뒤에 숨어서 슬픔의 黑闇面(흑암면)을 反射(반사)하는 가을 물결의 눈인들
그것을 비출 수가 있습니까
그림자 없는 구름을 거쳐서 메아리 없는 絶壁(절벽)을 거쳐서 마음이 갈 수
없는 바다를 거쳐서 存在(존재)? 存在입니다
그 나라는 國境(국경)이 없습니다 壽命(수명)은 時間(시간)이 아닙니다
사랑의 存在는 님의 눈과 님의 마음도 알지 못합니다
사랑의 秘密(비밀)은 다만 님의 手巾(수건)에 繡(수)놓는 바늘과 님의 심으신 꽃나무

와 님의 잠과 詩人(시인)의 想像(상상)과 그들만이 압니다

# 꿈과 근심

밤 근심이 하 길기에
꿈도 길 줄 알었더니
님을 보러 가는 길에
반도 못 가서 깨었고나

새벽 꿈이 하 쩌르기에
근심도 짜를 줄 알었더니
근심에서 근심으로
끝 간 데를 모르겠다

# 默 沈 의 님

만일 님에게도
꿈과 근심이 있거든
차라리
근심이 꿈 되고 꿈이 근심 되어라

## 葡萄酒(포도주)

가을바람과 아침볕에 마치맞게 익은 향기로운 포도를 따서 술을 빚었습니다 그 술 고이는 향기는 가을하늘을 물들입니다
님이여 그 술을 연잎 잔에 가득히 부어서 님에게 드리겠습니다
님이여 떨리는 손을 거쳐서 타오르는 입술을 축이서요

님이여 그 술은 한 밤을 지나면 눈물이 됩니다
아아 한 밤을 지나면 포도주가 눈물이 되지마는 또 한 밤을 지나면
나의 눈물이 다른 포도주가 됩니다 오오 님이여

## 誹謗

세상은 誹謗도 많고 猜忌도 많습니다
당신에게 誹謗과 猜忌가 있을지라도 關心치 마서요
誹謗을 좋아하는 사람들은 太陽에 黑點이 있는 것도 다행으로 생각
합니다
당신에게 대하여는 誹謗할 것이 없는 그것을 誹謗할는지 모르겠습니다

조는 獅子를 죽은 羊이라고 할지언정 당신이 試鍊을 받기 위하야
盜賊에게 捕虜가 되얏다고 그것을 卑怯이라고 할 수는 없습니다

달빛을 갈꽃으로 알고 흰 모래 위에서 갈매기를 이웃하야 잠자는
기러기를 음란하다고 할지언정 正直한 당신이 狡猾한 誘惑에 속아서

# 默沈의 님

青樓(청루)에 들어갔다고 당신을 持操(지조)가 없다고 할 수는 없습니다
당신에게 誹謗(비방)과 猜忌(시기)가 있을지라도 關心(관심)치 마서요

# 默沈의 님

## 「?」

희미한 졸음이 활발한 님의 발자취 소리에 놀라 깨어 무거운 눈썹을
이기지 못하면서 창을 열고 내다보았습니다
동풍에 몰리는 소낙비는 산모롱이를 지나가고 뜰 앞의 파초잎 위에
빗소리의 남은 音波(음파)가 그네를 뜁니다
感情(감정)과 理智(이지)가 마주치는 刹那(찰나)에 人面(인면)의 惡魔(악마)와 獸心(수심)의 天使(천사)가
보이랴다 사라집니다

흔들어 빼는 님의 노랫가락에 첫잠든 어린 잔나비의 애처로운 꿈이
꽃 떨어지는 소리에 깨었습니다
죽은 밤을 지키는 외로운 등잔불의 구슬꽃이 제 무게를 이기지 못하

## 默沈의 님

야 고요히 떨어집니다
미친 불에 타오르는 불쌍한 靈(영)은 絶望(절망)의 北極(북극)에서 新世界(신세계)를 探險(탐험)합니다

沙漠(사막)의 꽃이여 그믐밤의 滿月(만월)이여 님의 얼굴이여
피려는 薔薇花(장미화)는 아니라도 갈지 않은 白玉(백옥)인 純潔(순결)한 나의 입술은
微笑(미소)에 沐浴(목욕) 감는 그 입술에 채 닿지 못하얏습니다
움직이지 않는 달빛에 눌리운 창에는 저의 털을 가다듬는 고양이의
그림자가 오르락나리락합니다

아아 佛(불)이냐 魔(마)냐 인생이 티끌이냐 꿈이 黃金(황금)이냐
작은 새여 바람에 흔들리는 약한 가지에서 잠자는 적은 새여

# 님의 손길

님의 사랑은 鋼鐵(강철)을 녹이는 불보다도 뜨거운데 님의 손길은 너무 차서 限度(한도)가 없습니다

나는 이 세상에서 서늘한 것도 보고 찬 것도 보았습니다 그러나 님의 손길 같이 찬 것은 볼 수가 없습니다

국화 핀 서리 아침에 떨어진 잎새를 울리고 오는 가을바람도 님의 손길보다는 차지 못합니다

달이 작고 별에 뿔나는 겨울밤에 얼음 위에 쌓인 눈도 님의 손길보다는 차지 못합니다

甘露(감로)와 같이 淸凉(청량)한 禪師(선사)의 說法(설법)도 님의 손길보다는 차지 못합니다

# 默沈의 님

나의 적은 가슴에 타오르는 불꽃은 님의 손길이 아니고는 ㄲ는 수가
없습니다
님의 손길의 溫度(온도)를 측량할 만한 寒暖計(한란계)는 나의 가슴밖에는 아무데
도 없습니다
님의 사랑은 불보다도 뜨거워서 근심山(산)을 태우고 恨(한)바다를 밀리는데
님의 손길은 너무도 차서 限度(한도)가 없습니다

## 海해棠당花화

당신은 해당화 피기 전에 오신다고 하얏습니다 봄은 벌써 늦었습니다
봄이 오기 전에는 어서 오기를 바랐더니 봄이 오고 보니 너무 일찍
왔나 두려워합니다

철모르는 아이들은 뒷동산에 해당화가 피었다고 다투어 말하기로 듣
고도 못 들은 체하얏더니
야속한 봄바람은 나는 꽃을 불어서 경대 위에 놓입니다그려
시름없이 꽃을 주워서 입술에 대이고 「너는 언제 피었니」 하고 물었
습니다
꽃은 말도 없이 나의 눈물에 비쳐서 둘도 되고 셋도 됩니다

## 당신을 보았습니다

당신이 가신 뒤로 나는 당신을 잊을 수가 없습니다
까닭은 당신을 위하느니보다 나를 위함이 많습니다

나는 갈고 심을 땅이 없으므로 秋收(추수)가 없습니다
저녁거리가 없어서 조나 감자를 꾸러 이웃집에 갔더니 主人(주인)은 「거지는 人格(인격)이 없다 人格이 없는 사람은 生命(생명)이 없다 너를 도와주는 것은 罪惡(죄악)이다」고 말하얏습니다
그 말을 듣고 돌어 나올 때에 쏟아지는 눈물 속에서 당신을 보았습니다

나는 집도 없고 다른 까닭을 겸하야 民籍(민적)이 없습니다

「民籍 없는 者는 人權이 없다 人權이 없는 너에게 무슨 貞操냐」 하고 凌辱하려는 將軍이 있었습니다

그를 抗拒한 뒤에 남에게 대한 激憤이 스스로의 슬픔으로 化하는 刹那에 당신을 보았습니다

아아 왼갖 倫理、道德、法律은 칼과 黃金을 祭祀지내는 烟氣인 줄을 알았습니다

永遠의 사랑을 받을까 人間歷史의 첫 페지에 잉크칠을 할까 술을 마실까 망설일 때에 당신을 보았습니다

## 비

비는 가장 큰 權威(권위)를 가지고 가장 좋은 機會(기회)를 줍니다
비는 해를 가리고 세상 사람의 눈을 가립니다
그러나 비는 번개와 무지개를 가리지 않습니다

나는 번개가 되야 무지개를 타고 당신에게 가서 사랑의 팔에 감기고
자 합니다
비 오는 날 가만히 가서 당신의 沈默(침묵)을 가져온대도 당신의 主人(주인)은 알
수가 없습니다

만일 당신이 비 오는 날에 오신다면 나는 蓮(연)잎으로 윗옷을 지어서 보

내겠습니다

당신이 비 오는 날에 蓮(연)잎 옷을 입고 오시면 이 세상에는 알 사람이 없습니다

당신이 비 가운데로 가만히 오셔서 나의 눈물을 가져가신대도 永遠(영원)한 秘密(비밀)이 될 것입니다

비는 가장 큰 權威(권위)를 가지고 가장 좋은 機會(기회)를 줍니다

# 服從(복종)

남들은 自由(자유)를 사랑한다지마는 나는 服從(복종)을 좋아하야요
自由를 모르는 것은 아니지만 당신에게는 服從만 하고 싶어유
服從하고 싶은데 服從하는 것은 아름다운 自由보다도 달금합니다
그것이 나의 幸福(행복)입니다

그러나 당신이 나더러 다른 사람을 服從하라면 그것만은 服從할 수가 없습니다
다른 사람을 服從하려면 당신에게 服從할 수가 없는 까닭입니다

# 참어 주서요

나는 당신을 이별하지 아니할 수가 없습니다 님이여 나의 이별을 참어 주서요

당신은 고개를 넘어갈 때에 나를 돌어보지 마서요 나의 몸은 한 적은 모래 속으로 들어가랴 합니다

님이여 이별을 참을 수가 없거든 나의 죽음을 참어 주서요

나의 生命(생명)의 배는 부끄럼의 땀의 바다에서 스스로 爆沈(폭침)하랴 합니다

님이여 님의 입김으로 그것을 불어서 속히 잠기게 하야 주서요 그러고 그것을 웃어 주서요

님이여 나의 죽음을 참을 수가 없거든 나를 사랑하지 말어 주서요
그리하고 나로 하야금 당신을 사랑할 수가 없도록 하야 주서요

나의 몸은 터럭 하나도 빼지 아니한 채로 당신의 품에 사라지겠습니다
님이여 당신과 내가 사랑의 속에서 하나가 되는 것을 참어 주서요
그리하야 당신은 나를 사랑하지 말고 나로 하여금 당신을 사랑할 수가
없도록 하야 주서요 오오 님이여

# 어느 것이 참이냐

엷은 紗(사)의 帳幕(장막)이 적은 바람에 휘둘려서 處女(처녀)의 꿈을 휩싸듯이 자취도 없는 당신의 사랑은 나의 青春(청춘)을 휘감습니다
발딱거리는 어린 피는 고요하고 맑은 天國(천국)의 音樂(음악)에 춤을 추고 헐떡이는 적은 靈(영)은 소리 없이 떨어지는 天花(천화)의 그늘에 잠이 듭니다

가는 봄비가 드린 버들에 둘려서 푸른 연기가 되듯이 끝도 없는 당신의 情(정)실이 나의 잠을 얽습니다
바람을 따라가랴는 쩌른 꿈은 이불 안에서 몸부림치고 강 건너 사람을 부르는 바쁜 잠꼬대는 목 안에서 그네를 뜁니다

비낀 달빛이 이슬에 젖은 꽃수풀을 싸라기처럼 부시듯이 당신의 떠난 恨(한)은 드는 칼이 되야서 나의 애를 도막도막 끊어 놓았습니다

문밖의 시냇물은 물결을 보태랴고 나의 눈물을 받으면서 흐르지 않습니다

봄 산의 미친 바람은 꽃 떨어뜨리는 힘을 더하려고 나의 한숨을 기다리고 섰습니다

## 情天恨海

가을하늘이 높다기로
情하늘을 따를쏘냐
봄바다가 깊다기로
恨바다만 못하리라

높고 높은 情하늘이
싫은 것은 아니지만
손이 낮아서
오르지 못하고
깊고 깊은 恨바다가

# 默沈의 님

병 될 것은 없지마는
다리가 쩌러서
건느지 못한다

손이 자라서 오를 수만 있으면
情(정)하늘은 높을수록 아름답고
다리가 길어서 건널 수만 있으면
恨(한)바다는 깊을수록 묘하니라
만일 情하늘이 무너지고 恨바다가 마른다면
차라리 情天(정천)에 떨어지고 恨海(한해)에 빠지리라

# 默 沈 의 님

아아 情하늘이 높은 줄만 알었더니
님의 이마보다는 낮다
아아 恨바다가 깊은 줄만 알었더니
님의 무릎보다는 얕다

손이야 낮든지 다리야 쩌르든지
情하늘에 오르고 恨바다를 건느랴면
님에게만 안기리라

## 첫「키쓰」

마서요 제발 마서요
보면서 못 보는 체 마서요
마서요 제발 마서요
입술을 다물고 눈으로 말하지 마서요
마서요 제발 마서요
뜨거운 사랑에 웃으면서 차디찬 찬 부끄럼에 울지 마서요
마서요 제발 마서요
世界(세계)의 꽃을 혼자 따면서 亢奮(항분)에 넘쳐서 떨지 마서요
마서요 제발 마서요
微笑(미소)는 나의 運命(운명)의 가슴에서 춤을 춥니다 새삼스럽게 스스러워 마서요

## 禪師(선사)의 說法(설법)

나는 禪師(선사)의 說法(설법)을 들었습니다
「너는 사랑의 쇠사슬에 묶여서 苦痛(고통)을 받지 말고 사랑의 줄을 끊어
라 그러면 너의 마음이 즐거우리라」고

그 禪師(선사)는 어지간히 어리석습니다
사랑의 줄에 묶이운 것이 아프기는 아프지만 사랑의 줄을 끊으면 죽
는 것보다도 더 아픈 줄을 모르는 말입니다
사랑의 束縛(속박)은 단단히 얽어매는 것이 풀어주는 것입니다
그러므로 大解脫(대해탈)은 束縛(속박)에서 얻는 것입니다
님이여 나를 얽은 님의 사랑의 줄이 약할까버서 나의 님을 사랑하는

줄을 곱드렸습니다

# 그를 보내며

그는 간다 그가 가고 싶어서 가는 것도 아니요 내가 보내고 싶어서
보내는 것도 아니지만 그는 간다
그의 붉은 입술 흰 이 가는 눈썹이 어여쁜 줄만 알었더니 구름 같은
뒷머리 실버들 같은 허리 구슬 같은 발꿈치가 보다도 아름답습니다

걸음이 걸음보다 멀어지더니 보이랴다 말고 말랴다 보인다
사람이 멀어질수록 마음은 가까워지고 마음이 가까워질수록 사람은
멀어진다
보이는 듯한 것이 그의 흔드는 수건인가 하얏더니 갈매기보다도 적
은 조각구름이 난다

# 金剛山(금강산)

萬二千峰(만이천봉)! 無恙(무양)하냐 金剛山아
너는 너의 님이 어데서 무엇을 하는지 아느냐
너의 님은 너 때문에 가슴에서 타오르는 불꽃에 온갖 宗敎(종교)、哲學(철학)、
名譽(명예)、財産(재산) 그 외에도 있으면 있는 대로 태워버리는 줄을 너는 모르리라

너는 꽃에 붉은 것이 너냐
너는 잎에 푸른 것이 너냐
너는 丹楓(단풍)에 醉(취)한 것이 너냐
너는 白雪(백설)에 깨인 것이 너냐

# 님의 沈默

나는 너의 沈默(침묵)을 잘 안다
너는 철모르는 아이들에게 종작없는 讚美(찬미)를 받으면서 시쁜 웃음을
참고 고요히 있는 줄을 나는 잘 안다

그러나 너는 天堂(천당)이나 地獄(지옥)이나 하나만 가지고 있으려무나
꿈 없는 잠처럼 깨끗하고 單純(단순)하란 말이다
나도 쩌른 갈궁이로 江(강) 건너의 꽃을 꺾는다고 큰말하는 미친 사람은
아니다 그래서 沈着(침착)하고 單純(단순)하랴고 한다
나는 너의 입김에 불려오는 조각구름에 「키쓰」한다

萬二千峰(만이천봉)! 無恙(무양)하냐 金剛山(금강산)아
너는 너의 님이 어데서 무엇을 하는지 모르지

# 님의 얼굴

님의 얼굴을 「어여쁘」다고 하는 말은 適當(적당)한 말이 아닙니다
어여쁘다는 말은 人間(인간) 사람의 얼굴에 대한 말이요 님은 人間의 것이라
고 할 수가 없을 만치 어여쁜 까닭입니다

自然(자연)은 어찌하야 그렇게 어여쁜 님을 人間으로 보냈는지 아모리 생각
하야도 알 수가 없습니다
알겠습니다 自然의 가온데에는 님의 짝이 될 만한 무엇이 없는 까닭입니다

님의 입술 같은 蓮(연)꽃이 어데 있어요 님의 살빛 같은 白玉(백옥)이 어데 있어요
봄湖水(호수)에서 님의 눈결 같은 잔물결을 보았습니까 아침볕에서 님의

微笑(미소) 같은 芳香(방향)을 들었습니까
天國(천국)의 音樂(음악)은 님의 노래의 反響(반향)입니다 아름다운 별들은 님의 눈빛의 化現(화현)입니다

아아 나는 님의 그림자여요
님은 님의 그림자밖에는 비길 만한 것이 없습니다
님의 얼굴을 어여쁘다고 하는 말은 適當(적당)한 말이 아닙니다

## 심은 버들

뜰 앞에 버들을 심어
님의 말을 매렸더니
님은 가실 때에
버들을 꺾어 말 채찍을 하얏습니다

버들마다 채찍이 되야서
님을 따르는 나의 말도 채 칠까 하얏드니
남은 가지 千萬絲(천만사)는
해마다 해마다 보낸 恨(한)을 잡아맵니다

## 樂園(낙원)은 가시덤불에서

죽은 줄 알었던 매화나무 가지에 구슬 같은 꽃방울을 맺혀주는 쇠잔한 눈 위에 가만히 오는 봄기운은 아름답기도 합니다
그러나 그밖에 다른 하늘에서 오는 알 수 없는 향기는 모든 꽃의 죽음을 가지고 다니는 쇠잔한 눈이 주는 줄을 아십니까

구름은 가늘고 시냇물은 얕고 가을 산은 비었는데 파리한 바위 사이에 실컷 붉은 단풍은 곱기도 합니다
그러나 단풍은 노래도 부르고 울음도 웁니다 그러한 「自然(자연)의 人生(인생)」은 가을바람의 꿈을 따라 사라지고 記憶(기억)에만 남어 있는 지난 여름의 무르녹은 綠陰(녹음)이 주는 줄을 아십니까

# 默沈의 님

一莖草(일경초)가 丈六金身(장륙금신)이 되고 丈六金身(장륙금신)이 一莖草(일경초)가 됩니다
天地(천지)는 한 보금자리요 萬有(만유)는 같은 小島(소도)입니다
나는 自然(자연)의 거울에 人生(인생)을 비춰 보았습니다
苦痛(고통)의 가시덤불 뒤에 歡喜(환희)의 樂園(낙원)을 建設(건설)하기 위하야 님을 떠난 나
는 아아 幸福(행복)입니다

# 참말인가요

그것이 참말인가요 님이여 속임 없이 말씀하야 주서요
당신을 나에게서 빼앗어 간 사람들이 당신을 보고 「그대는 님이 없
다」고 하얏다지요
그래서 당신은 남모르는 곳에서 울다가 남이 보면 울음을 웃음으로
변한다지요
사람의 우는 것은 견딜 수가 없는 것인데 울기조차 마음대로 못 하고
웃음으로 변하는 것은 죽음의 맛보다도 더 쓴 것입니다
그러면 나는 그것을 변명하지 않고는 견딜 수가 없습니다
나의 生命(생명)의 꽃가지를 있는 대로 꺾어서 花環(화환)을 만들어 당신의 목에
걸고 「이것이 님의 님이라」고 소리쳐 말하겠습니다

그것이 참말인가요 님이여 속임 없이 말씀하여 주서요

당신을 나에게서 빼앗어 간 사람들이 당신을 보고 「그대의 님은 우리가 구하야 준다」고 하얏다지요

그래서 당신은 「獨身生活(독신생활)을 하겠다」고 하얏다지요

그러면 나는 그들에게 분풀이를 하지 않고는 견딜 수가 없습니다

많지 않은 나의 피를 더운 눈물에 섞어서 피에 목마른 그들의 칼에 뿌리고 「이것이 님의 님이라」고 울음 섞어서 말하겠습니다

# 꽃이 먼저 알어

옛집을 떠나서 다른 시골에 봄을 만났습니다
꿈은 이따금 봄바람을 따러서 아득한 옛터에 이릅니다
지팽이는 푸르고 푸른 풀빛에 묻혀서 그림자와 서로 따릅니다

길가에서 이름도 모르는 꽃을 보고서 행여 근심을 잊을까 하고 앉었습니다
꽃송이에는 아침이슬이 아즉 마르지 아니한가 하얏더니 아아 나의 눈물이 떨어진 줄이야 꽃이 먼저 알었습니다

## 讚頌(찬송)

님이여 당신은 百番(백번)이나 鍛鍊(단련)한 金(금)결입니다
뽕나무 뿌리가 珊瑚(산호)가 되도록 天國(천국)의 사랑을 받읍소서
님이여 사랑이여 아침볕의 첫걸음이여

님이여 당신은 義(의)가 무거웁고 黃金(황금)이 가벼운 것을 잘 아십니다
거지의 거친 밭에 福(복)의 씨를 뿌리옵소서
님이여 사랑이여 옛 梧桐(오동)의 숨은 소리여

님이여 당신은 봄과 光明(광명)과 平和(평화)를 좋아하십니다
弱者(약자)의 가슴에 눈물을 뿌리는 慈悲(자비)의 菩薩(보살)이 되옵소서

# 默 沈 의 님

님이여 사랑이여 얼음바다에 봄바람이여

## 論介의 愛人이 되야서 그의 墓에

날과 밤으로 흐르고 흐르는 南江은 가지 않습니다
바람과 비에 우두커니 섰는 矗石樓는 살 같은 光陰을 따라서 달음질
칩니다
論介여 나에게 울음과 웃음을 同時에 주는 사랑하는 論介여
그대는 朝鮮의 무덤 가운데 피었던 좋은 꽃의 하나이다 그래서 그 향
기는 썩지 않는다
나는 詩人으로 그대의 愛人이 되얏노라
그대는 어데 있느뇨 죽지 않는 그대가 이 세상에는 없고나
나는 黃金의 칼에 베어진 꽃과 같이 향기롭고 애처로운 그대의 當年

# 默沈의 님

을 回想(회상)한다

술 향기에 목메인 고요한 노래는 獄(옥)에 묻힌 썩은 칼을 울렸다

춤추는 소매를 안고 도는 무서운 찬바람은 鬼神(귀신) 나라의 꽃수풀을 거쳐서 떨어지는 해를 얼렸다

가냘픈 그대의 마음은 비록 沈着(침착)하얏시만 떨리는 것보다도 더욱 무서웠다

아름답고 無毒(무독)한 그대의 눈은 비록 웃었시만 우는 것보다도 더욱 슬펐다

붉은 듯하다가 푸르고 푸른 듯하다가 희어지며 가늘게 떨리는 그대의 입술은 웃음의 朝雲(조운)이냐 울음의 暮雨(모우)이냐 새벽달의 秘密(비밀)이냐 이슬꽃의 象徵(상징)이냐

삐비 같은 그대의 손에 꺾이우지 못한 落花臺(낙화대)의 남은 꽃은 부끄럼에 醉(취)하야 얼굴이 붉었다

# 님의 沈默

玉(옥)같은 그대의 발꿈치에 밟히운 江(강)언덕의 묵은 이끼는 驕矜(교긍)에 넘쳐서 푸른 紗籠(사롱)으로 자기의 題名(제명)을 가리었다

아아 나는 그대도 없는 빈 무덤 같은 집을 그대의 집이라고 부릅니다
만일 이름뿐이나마 그대의 집도 없으면 그대의 이름을 불러볼 機會(기회)가 없는 까닭입니다

나는 꽃을 사랑합니다마는 그대의 집에 피어 있는 꽃을 꺾을 수는 없습니다
그대의 집에 피어 있는 꽃을 꺾으라면 나의 창자가 먼저 꺾어지는 까닭입니다
나는 꽃을 사랑합니다마는 그대의 집에 꽃을 심을 수는 없습니다
그대의 집에 꽃을 심으라면 나의 가슴에 가시가 먼저 심어지는 까닭

입니다

容恕(용서)하야요 論介(논개)여 金石(금석) 같은 굳은 언약을 저버린 것은 그대가 아니요 나입니다

容恕하야요 論介여 쓸쓸하고 호젓한 잠자리에 외로이 누워서 끼친 恨(한)에 울고 있는 것은 내가 아니요 그대입니다

나의 가슴에 「사랑」의 글자를 黃金(황금)으로 새겨서 그대의 祠堂(사당)에 紀念碑(기념비)를 세운들 그대에게 무슨 위로가 되오리까

나의 노래에 「눈물」의 曲調(곡조)를 낙인으로 찍어서 그대의 祠堂(사당)에 祭鍾(제종)을 울린대도 나에게 무슨 贖罪(속죄)가 되오리까

나는 다만 그대의 遺言(유언)대로 그대에게 다하지 못한 사랑을 永遠(영원)히 다른 女子에게 주지 아니할 뿐입니다 그것은 그대의 얼굴과 같이 잊을 수

가 없는 盟誓(맹서)입니다
容恕(용서)하야요 論介(논개)여 그대가 容恕하면 나의 罪(죄)는 神(신)에게 懺悔(참회)를 아니
한대도 사라지겠습니다

千秋(천추)에 죽지 않는 論介여
하루도 살 수 없는 論介여
그대를 사랑하는 나의 마음이 얼마나 즐거우며 얼마나 슬프겠는가
나는 웃음이 제워서 눈물이 되고 눈물이 제워서 웃음이 됩니다
容恕하야요 사랑하는 오오 論介여

## 後悔(후회)

당신이 계실 때에 알뜰한 사랑을 못하얏습니다
사랑보다 믿음이 많고 즐거움보다 조심이 더하얏습니다
게다가 나의 性格(성격)이 冷淡(냉담)하고 더구나 가난에 쫓겨서 병들어 누운 당신에게 도리어 疎闊(소활)하얏습니다
그러므로 당신이 가신 뒤에 떠난 근심보다 뉘우치는 눈물이 많습니다

# 사랑하는 까닭

내가 당신을 사랑하는 것은 까닭이 없는 것이 아닙니다
다른 사람들은 나의 紅顔(홍안)만을 사랑하지마는 당신은 나의 白髮(백발)도 사랑하는 까닭입니다

내가 당신을 기루어하는 것은 까닭이 없는 것이 아닙니다
다른 사람들은 나의 微笑(미소)만을 사랑하지마는 당신은 나의 눈물도 사랑하는 까닭입니다

내가 당신을 기다리는 것은 까닭이 없는 것이 아닙니다
다른 사람들은 나의 健康(건강)만을 사랑하지마는 당신은 나의 죽음도 사

랑하는 까닭입니다

# 당신의 편지

당신의 편지가 왔다기에 꽃밭 매던 호미를 놓고 떼어 보았습니다
그 편지는 글씨는 가늘고 글줄은 많으나 사연은 간단합니다
만일 님이 쓰신 편지이면 글은 쩌를지라도 사연은 길 터인데

당신의 편지가 왔다기에 바느질 그릇을 치워 놓고 떼어 보았습니다
그 편지는 나에게 잘 있느냐고만 묻고 언제 오신다는 말은 조금도 없
습니다
만일 님이 쓰신 편지이면 나의 일은 묻지 않더래도 언제 오신다는 말
을 먼저 썼을 터인데

# 默沈의 님

당신의 편지가 왔다기에 약을 달이다 말고 떼어 보았습니다

그 편지는 당신의 住所(주소)는 다른 나라의 軍艦(군함)입니다

만일 님이 쓰신 편지이면 남의 軍艦(군함)에 있는 것이 사실이라 할지라도

편지에는 軍艦(군함)에서 떠났다고 하얏을 터인데

# 거짓 이별

당신과 나와 이별한 때가 언제인지 아십니까
가령 우리가 좋을 대로 말하는 것과 같이 거짓 이별이라 할지라도 나의 입술이 당신의 입술에 닿지 못하는 것은 事實(사실)입니다
이 거짓 이별은 언제나 우리에게서 떠날 것인가요
한 해 두 해 가는 것이 얼마 아니 된다고 할 수가 없습니다
시들어가는 두 볼의 桃花(도화)가 無情(무정)한 봄바람에 몇 번이나 스쳐서 落花(낙화)가 될까요
灰色(회색)이 되어가는 두 귀 밑의 푸른 구름이 쪼이는 가을볕에 얼마나 바래서 白雪(백설)이 될까요

# 默 沈 의 님

머리는 희어가도 마음은 붉어갑니다
피는 식어가도 눈물은 더워갑니다
사랑의 언덕엔 사태가 나도 希望(희망)의 바다엔 물결이 뛰놀어요
이른바 거짓 이별이 언제든지 우리에게서 떠날 줄만은 알어요
그러나 한 손으로 이별을 가지고 가는 날(日)은 또 한 손으로 죽음을
가지고 와요

# 꿈이라면

사랑의 束縛(속박)이 꿈이라면
出世(출세)의 解脫(해탈)도 꿈입니다
웃음과 눈물이 꿈이라면
無心(무심)의 光明(광명)도 꿈입니다
一切萬法(일체만법)이 꿈이라면
사랑의 꿈에서 不滅(불멸)을 얻겠습니다

## 달을 보며

달은 밝고 당신이 하도 기루었습니다
자던 옷을 고쳐 입고 뜰에 나와 퍼지르고 앉어서 달을 한참 보았습니다

달은 차차차 당신의 얼굴이 되더니 넓은 이마 둥근 코 아름다운 수염
이 역력히 보입니다
간 해에는 당신의 얼굴이 달로 보이더니 오늘 밤에는 달이 당신의 얼
굴이 됩니다

당신의 얼굴이 달이기에 나의 얼굴도 달이 되얐습니다
나의 얼굴은 그믐달이 된 줄을 당신이 아십니까

## 默沈의 님

아아 당신의 얼굴이 달이기에 나의 얼굴도 달이 되얏습니다

## 因果律(인과율)

당신은 옛 盟誓(맹서)를 깨치고 가십니다
당신의 盟誓는 얼마나 참되얏습니까 그 盟誓를 깨치고 가는 이별은
믿을 수가 없습니다

참盟誓를 깨치고 가는 이별은 옛 盟誓로 돌어올 줄을 압니다 그것은
嚴肅(엄숙)한 因果律(인과율)입니다

나는 당신과 떠날 때에 입 맞춘 입술이 마르기 전에 당신이 돌어와서
다시 입 맞추기를 기다립니다

그러나 당신의 가시는 것은 옛 盟誓(맹서)를 깨치려는 故意(고의)가 아닌 줄을 나
는 압니다

비겨 당신이 지금의 이별을 영원히 깨치지 않는다 하야도 당신의 最後(최후)
의 接觸(접촉)을 받은 나의 입술을 다른 男子의 입술에 대일 수는 없습니다

## 잠꼬대

「사랑이라는 것은 다 무엇이냐 진정한 사람에게는 눈물도 없고 웃음도 없는 것이다
사랑의 뒤웅박을 발길로 차서 깨트려 버리고 눈물과 웃음을 티끌 속에 合葬(합장)을 하여라
理智(이지)와 感情(감정)을 두드려 깨쳐서 가루를 만들어 버려라
그러고 虛無(허무)의 絶頂(절정)에 올러가서 어지럽게 춤추고 미치게 노래하여라
그러고 愛人(애인)과 惡魔(악마)를 똑같이 술을 먹여라
그러고 天癡(천치)가 되든지 미치광이가 되든지 산송장이 되든지 하야 버려라
그래 너는 죽어도 사랑이라는 것은 버릴 수가 없단 말이냐

# 默沈의 님

그렇거든 사랑의 꽁무니에 도롱태를 달어라
그래서 네 멋대로 끌고 돌아다니다가 쉬고 싶으거든 쉬고 자고 싶으거든 자고 살고 싶으거든 살고 죽고 싶으거든 죽어라
사랑의 발바닥에 말목을 쳐 놓고 붙들고 서서 엉엉 우는 것은 우스운 일이다
이 세상에는 이마빡에다 「님」이라고 새기고 다니는 사람은 하나도 없다
戀愛(연애)는 絶對自由(절대자유)요 貞操(정조)는 流動(유동)이요 結婚式場(결혼식장)은 林間(임간)이다」
나는 잠결에 큰소리로 이렇게 부르짖었다

아아 惑星(혹성)같이 빛나는 님의 微笑(미소)는 黑闇(흑암)의 光線(광선)에서 채 사라지지 아니하얏습니다
잠의 나라에서 몸부림치던 사랑의 눈물은 어느덧 베개를 적셨습니다

# 默 沈 의 님

容恕(용서)하서요 님이여 아무리 잠이 지은 허물이라도 님이 罰(벌)을 주신다
면 그 罰을 잠을 주기는 싫습니다

# 桂月香(계월향)에게

桂月香이여 그대는 아리따웁고 무서운 最後(최후)의 微笑(미소)를 거두지 아니한 채로 大地(대지)의 寢臺(침대)에 잠들었습니다

나는 그대의 多情(다정)을 슬퍼하고 그대의 無情(무정)을 사랑합니다

大同江(대동강)에 낚시질하는 사람은 그대의 노래를 듣고 牧丹峯(모란봉)에 밤놀이하는 사람은 그대의 얼굴을 봅니다

아이들은 그대의 산 이름을 외우고 詩人(시인)은 그대의 죽은 그림자를 노래합니다

사람은 반드시 다하지 못한 恨(한)을 끼치고 가게 되는 것이다

# 默沈의 님

그대는 남은 恨(한)이 있는가 없는가 있다면 그 恨(한)은 무엇인가
그대는 하고 싶은 말을 하지 않습니다

그대의 붉은 恨(한)은 絢爛(현란)한 저녁놀이 되야서 하늘길을 가로막고 荒涼(황량)한 떨어지는 날을 돌이키고자 합니다

그대의 푸른 근심은 드리고 드린 버들실이 되야서 꽃다운 무리를 뒤에 두고 運命(운명)의 길을 떠나는 저문 봄을 잡아매랴 합니다

나는 黃金(황금)의 소반에 아침볕을 받치고 梅花(매화)가지에 새봄을 걸어서 그대의 잠자는 곁에 가만히 놓아 드리겠습니다

자 그러면 속하면 하룻밤 더디면 한겨울 사랑하는 桂月香(계월향)이여

## 滿足

세상에 滿足이 있너냐 人生에게 滿足이 있너냐
있다면 나에게도 있으리라

세상에 滿足이 있기는 있지마는 사람의 앞에만 있다
距離는 사람의 팔 길이와 같고 速力은 사람의 걸음과 比例가 된다
滿足은 잡을래야 잡을 수도 없고 버릴래야 버릴 수도 없다
滿足을 얻고 보면 얻은 것은 不滿足이요 滿足은 依然히 앞에 있다
滿足은 愚者나 聖者의 主觀的所有가 아니면 弱者의 期待뿐이다
滿足은 언제든지 人生과 竪的平行이다

나는 차라리 발꿈치를 돌려서 滿足(만족)의 묵은 자취를 밟을까 하노라

아아 나는 滿足을 얻었노라

아지랑이 같은 꿈과 金(금)실 같은 幻想(환상)이 님 계신 꽃동산에 둘릴 때에

아아 나는 滿足을 얻었노라

## 反比例

당신의 소리는 「沈默」인가요
당신이 노래를 부르지 아니하는 때에 당신의 노랫가락은 역력히 들립니다그려
당신의 소리는 沈默이어요

당신의 얼굴은 「黑闇」인가요
내가 눈을 감은 때에 당신의 얼굴은 분명히 보입니다그려
당신의 얼굴은 黑闇이어요

당신의 그림자는 「光明」인가요

# 默沈의 님

당신의 그림자는 달이 넘어간 뒤에 어두운 창에 비칩니다그려
당신의 그림자는 光明(광명)이어요

## 눈물

내가 본 사람 가운데는 눈물을 眞珠(진주)라고 하는 사람처럼 미친 사람은 없습니다

그 사람은 피를 紅寶石(홍보석)이라고 하는 사람보다도 더 미친 사람입니다

그것은 戀愛(연애)에 失敗(실패)하고 黑闇(흑암)의 岐路(기로)에서 헤매는 늙은 處女(처녀)가 아니면 神經(신경)이 畸形的(기형적)으로 된 詩人(시인)의 말입니다

만일 눈물이 眞珠(진주)라면 님의 信物(신물)로 주신 반지를 내놓고는 세상의 眞珠(진주)라는 眞珠는 다 티끌 속에 묻어 버리겠습니다

나는 눈물로 裝飾(장식)한 玉珮(옥패)를 보지 못하얏습니다

나는 平和(평화)의 잔치에 눈물의 술을 마시는 것을 보지 못하얏습니다

내가 본 사람 가운데는 눈물을 眞珠(진주)라고 하는 사람처럼 어리석은 사람은 없습니다

아니어요 님의 주신 눈물은 眞珠 눈물이어요

나는 나의 그림자가 나의 몸을 떠날 때까지 님을 위하여 眞珠 눈물을 흘리겠습니다

아아 나는 날마다 날마다 눈물의 仙境(선경)에서 한숨의 玉笛(옥적)을 듣습니다

나의 눈물은 百千(백천) 줄기라도 방울방울이 創造(창조)입니다

눈물의 구슬이여 한숨의 봄바람이여 사랑의 聖殿(성전)을 莊嚴(장엄)하는 無等等(무등등)의 寶物(보물)이여

아아 언제나 空間(공간)과 時間(시간)을 눈물로 채워서 사랑의 世界(세계)를 完成(완성)할까요

# 어데라도

아침에 일어나서 세수하랴고 대야에 물을 떠다 놓으면 당신은 대야안의 가는 물결이 되야서 나의 얼굴 그림자를 불쌍한 아기처럼 얼러 줍니다

근심을 잊을까 하고 꽃동산에 거닐 때에 당신은 꽃 사이를 스쳐오는 봄바람이 되야서 시름없는 나의 마음에 꽃향기를 묻혀 주고 갑니다

당신을 기다리다 못하야 잠자리에 누웠더니 당신은 고요한 어둔 빛이 되야서 나의 잔부끄럼을 살뜰히도 덮어 줍니다

어데라도 눈에 보이는 데마다 당신이 계시기에 눈을 감고 구름 위와 바다 밑을 찾어보았습니다

# 默沈의 님

당신은 微笑(미소)가 되어서 나의 마음에 숨었다가 나의 감은 눈에 입맞추
고 「네가 나를 보느냐」고 嘲弄(조롱)합니다

# 떠날 때의 님의 얼굴

꽃은 떨어지는 향기가 아름답습니다
해는 지는 빛이 곱습니다
노래는 목메인 가락이 묘합니다
님은 떠날 때의 얼굴이 더욱 어여쁩니다

떠나신 뒤에 나의 幻想(환상)의 눈에 비치는 님의 얼굴은 눈물이 없는 눈으로는 바라볼 수가 없을 만치 어여쁠 것입니다
님의 떠날 때의 어여쁜 얼굴을 나의 눈에 새기겠습니다
님의 얼굴은 나를 울리기에는 너무도 야속한 듯하지마는 님을 사랑하기 위하야는 나의 마음을 즐거웁게 할 수가 없습니다

만일 그 어여쁜 얼굴이 永遠(영원)히 나의 눈을 떠난다면 그때의 슬픔은 우는 것보다도 아프겠습니다

# 最初의 님

맨 츰에 만난 님과 님은 누구이며 어느 때인가요
맨 츰에 이별한 님과 님은 누구이며 어느 때인가요
맨 츰에 만난 님과 님이 맨 츰으로 이별하얏습니까 다른 님과 님이
맨 츰으로 이별하얏습니까

나는 맨 츰에 만난 님과 님이 맨 츰으로 이별한 줄로 압니다
만나고 이별이 없는 것은 님이 아니라 나입니다
이별하고 만나지 않는 것은 님이 아니라 길 가는 사람입니다
우리들은 님에 대하여 만날 때에 이별을 염려하고 이별할 때에 만남
을 기약합니다

그것은 맨 첨에 만난 님과 님이 다시 이별한 遺傳性(유전성)의 痕跡(흔적)입니다

그러므로 만나지 않는 것도 님이 아니요 이별이 없는 것도 님이 아닙니다

님은 만날 때에 웃음을 주고 떠날 때에 눈물을 줍니다

만날 때의 웃음보다 떠날 때의 눈물이 좋고 떠날 때의 눈물보다 다시 만나는 웃음이 좋습니다

아아 님이여 우리의 다시 만나는 웃음은 어느 때에 있습니까

## 두견새

두견새는 실컷 운다
울다가 못다 울면
피를 흘려 운다

이별한 恨(한)이냐 너뿐이랴마는
울래야 울지도 못하는 나는
두견새 못 된 恨(한)을 또다시 어찌하리

야속한 두견새는
돌어갈 곳도 없는 나를 보고도

「不如歸 不如歸」(불여귀)

# 나의 꿈

당신이 맑은 새벽에 나무 그늘 사이에서 산보할 때에 나의 꿈은 적은 별이 되야서 당신의 머리 위에 지키고 있겠습니다
당신의 여름날에 더위를 못 이기어 낮잠을 자거든 나의 꿈은 맑은 바람이 되야서 당신의 주위에 떠돌겠습니다
당신의 고요한 가을밤에 그윽이 앉어서 글을 볼 때에 나의 꿈은 귀뚜라미가 되야서 책상 밑에서 「귀똘귀똘」 울겠습니다

# 우는 때

꽃 핀 아침 달 밝은 저녁 비 오는 밤 그때가 가장 님 그리운 때라고
남들은 말합니다

나도 같은 고요한 때로는 그때에 많이 울었습니다

그러나 나는 여러 사람이 모여서 말하고 노는 때에 더 울게 됩니다

님 있는 여러 사람들은 나를 위로하야 좋은 말을 합니다마는 나는 그
들의 위로하는 말을 조소로 듣습니다

그때에는 울음을 삼켜서 눈물을 속으로 창자를 향하야 흘립니다

## 타골의 詩(시)(GARDENISTO)를 읽고

벗이여 나의 벗이여 愛人(애인)의 무덤 위의 피어 있는 꽃처럼 나를 울리는 벗이여

적은 새의 자취도 없는 沙漠(사막)의 밤에 문득 만난 님처럼 나를 기쁘게 하는 벗이여

그대는 옛 무덤을 깨치고 하늘까지 사무치는 白骨(백골)의 香氣(향기)입니다

그대는 花環(화환)을 만들랴고 떨어진 꽃을 줍다가 다른 가지에 걸려서 주운 꽃을 헤치고 부르는 絶望(절망)인 希望(희망)의 노래입니다

벗이여 깨어진 사랑에 우는 벗이여

눈물이 능히 떨어진 꽃을 옛 가지에 도로 피게 할 수는 없습니다

눈물을 떨어진 꽃에 뿌리지 말고 꽃나무 밑의 티끌에 뿌리서요

벗이여 나의 벗이여
죽음의 香氣(향기)가 아무리 좋다 하여도 白骨(백골)이 입술에 입 맞출 수는 없습니다
그의 무덤을 黃金(황금)의 노래로 그물치지 마서요 무덤 위에 피 묻은 旗(깃)대를 세우서요

그러나 죽은 大地(대지)가 詩人(시인)의 노래를 거쳐서 움직이는 것을 봄바람은 말합니다

벗이여 부끄럽습니다 나는 그대의 노래를 들을 때에 어떻게 부끄럽고 떨리는지 모르겠습니다
그것은 내가 나의 님을 떠나서 홀로 그 노래를 듣는 까닭입니다

# 繡의 秘密

나는 당신의 옷을 다 지어 놓았습니다
심의도 짓고 도포도 짓고 자리옷도 지었습니다
짓지 아니한 것은 작은 주머니에 수놓는 것뿐입니다

그 주머니는 나의 손때가 많이 묻었습니다
짓다가 놓아두고 짓다가 놓아두고 한 까닭입니다
다른 사람들은 나의 바느질 솜씨가 없는 줄로 알지마는 그러한 비밀은 나밖에는 아는 사람이 없습니다
나의 마음이 아프고 쓰린 때에 주머니에 수를 놓으랴면 나의 마음은
수놓는 금실을 따러서 바늘구녕으로 들어가고 주머니 속에서 맑은 노

래가 나와서 나의 마음이 됩니다
그러고 아즉 이 세상에는 그 주머니에 넣을 만한 무슨 보물이 없습니다
이 적은 주머니는 짓기 싫어서 짓지 못하는 것이 아니라 짓고 싶어서
다 짓지 않는 것입니다

## 사랑의 불

山川草木(산천초목)에 붙는 불은 燧人氏(수인씨)가 내셨습니다
靑春(청춘)의 音樂(음악)에 舞蹈(무도)하는 나의 가슴을 태우는 불은 가는 님이 내셨습니다

矗石樓(촉석루)를 안고 돌며 푸른 물결의 그윽한 품에 論介(논개)의 靑春(청춘)을 잠재우
는 南江(남강)의 흐르는 물아
牧丹峯(모란봉)의 키쓰를 받고 桂月香(계월향)의 無情(무정)을 咀呪(저주)하면서 綾羅島(능라도)를 감돌아
흐르는 失戀者(실연자)인 大同江(대동강)아
그대들의 權威(권위)로도 애태우는 불은 끄지 못할 줄을 번연히 알지마는
입버릇으로 불러보았다

만일 그대 네가 쓰리고 아픈 슬픔으로 졸이다가 爆發(폭발)되는 가슴 가운

데의 불을 끌 수가 있다면 그대들이 님 그리운 사람을 위하야 노래를 부를 때에 잇다감 잇다감 목이 메어 소리를 이루지 못함은 무슨 까닭인가
남들이 볼 수 없는 그대네의 가슴속에도 애태우는 불꽃이 거꾸로 타들어가는 것을 나는 본다

오오 님의 情熱(정열)의 눈물과 나의 感激(감격)의 눈물이 마주 닿아서 合流(합류)가 되는 때에 그 눈물의 첫 방울로 나의 가슴의 불을 끄고 그 다음 방울을 그대네의 가슴에 뿌려 주리라

## 「사랑」을 사랑하야요

당신의 얼굴은 봄하늘의 고요한 별이어요
그러나 찢어진 구름 사이로 돋아오는 반달 같은 얼굴이 없는 것이 아닙니다
만일 어여쁜 얼굴만을 사랑한다면 왜 나의 베갯모에 달을 수놓지 않고 별을 수놓아요

당신의 마음은 티 없는 숫玉(옥)이어요 그러나 곱기도 밝기도 굳기도 보석 같은 마음이 없는 것이 아닙니다
만일 아름다운 마음만을 사랑한다면 왜 나의 반지를 보석으로 아니하고 옥으로 만들어요

당신의 詩는 봄비에 새로 눈트는 金결 같은 버들이어요
그러나 기름 같은 바다에 피어오르는 百合꽃 같은 詩가 없는 것이 아닙
니다
만일 좋은 文章만을 사랑한다면 왜 내가 꽃을 노래하지 않고 버들을
讚美하여요

왼 세상 사람이 나를 사랑하지 아니할 때에 당신만이 나를 사랑하얏습니다
나는 당신을 사랑하야요 나는 당신의 「사랑」을 사랑하야요

## 버리지 아니하면

나는 잠자리에 누워서 자다가 깨고 깨다가 잘 때에 외로운 등잔불은 恪勤(각근)한 派守軍(파수군) 처럼 왼밤을 지킵니다

당신이 나를 버리지 아니하면 나는 一生(일생)의 등잔불이 되야서 당신의 百年(백년)을 지키겠습니다

나는 책상 앞에 앉어서 여러 가지 글을 볼 때에 내가 要求(요구)만 하면 글은 좋은 이야기도 하고 맑은 노래도 부르고 嚴肅(엄숙)한 敎訓(교훈)도 줍니다

당신이 나를 버리지 아니하면 나는 服從(복종)의 百科全書(백과전서)가 되야서 당신의 要求(요구)를 順應(순응)하겠습니다

나는 거울에 대하야 당신의 키쓰를 기다리는 입술을 볼 때에 속임 없는 거울은 내가 웃으면 거울도 웃고 내가 찡그리면 거울도 찡그립니다
당신이 나를 버리지 아니하면 나는 마음의 거울이 되야서 속임 없이
당신의 苦樂(고락)을 같이 하겠습니다

## 당신 가신 때

당신이 가실 때에 나는 다른 시골에 병들어 누워서 이별의 키쓰도 못하
얏습니다

그때는 가을바람이 츰으로 나서 단풍이 한 가지에 두서너 잎이 붉었습니다

나는 永遠(영원)의 時間(시간)에서 당신 가신 때를 끊어내겠습니다 그러면 時間(시간)은
두 도막이 납니다

時間(시간)의 한끝은 당신이 가지고 한끝은 내가 가졌다가 당신의 손과 나의
손과 마주잡을 때에 가만히 이어 놓겠습니다

그러면 붓대를 잡고 남의 不幸(불행)한 일만을 쓰려고 기다리는 사람들도
당신의 가신 때는 쓰지 못할 것입니다
나는 永遠(영원)의 時間(시간)에서 당신 가신 때를 끊어내겠습니다

## 妖術(요술)

가을 洪水(홍수)가 적은 시내의 쌓인 落葉(낙엽)을 휩쓸어가듯이 당신은 나의 歡樂(환락)의 마음을 빼앗아갔습니다 나에게 남은 마음은 苦痛(고통)뿐입니다

그러나 나는 당신을 원망할 수는 없습니다 당신이 가기 전에는 나의 苦痛(고통)의 마음을 빼앗아 간 까닭입니다

만일 당신이 歡樂(환락)의 마음과 苦痛(고통)의 마음을 同時(동시)에 빼앗아간다 하면 나에게는 아무 마음도 없겠습니다

나는 하늘의 별이 되야서 구름의 面紗(면사)로 낯을 가리고 숨어 있겠습니다

나는 바다의 眞珠(진주)가 되었다가 당신의 구두에 단추가 되겠습니다

당신이 만일 별과 眞珠를 따서 게다가 마음을 넣어서 다시 당신의 님

을 만든다면 그때에는 歡樂(환락)의 마음을 넣어 주서요

부득이 苦痛(고통)의 마음도 넣어야 하겠거든 당신의 苦痛(고통)을 빼어다가 넣
어주서요

그리고 마음을 빼앗아는 妖術(요술)은 나에게는 가르쳐주지 마서요

그러면 지금의 이별이 사랑의 最後(최후)는 아닙니다

# 당신의 마음

나는 당신의 눈썹이 검고 귀가 갸름한 것도 보았습니다
그러나 당신의 마음을 보지 못하얏습니다
당신이 사과를 따서 나를 주랴고 크고 붉은 사과를 따로 쌀 때에 당신의 마음이 그 사과 속으로 들어가는 것을 분명히 보았습니다

나는 당신의 둥근 배와 잔나비 같은 허리를 보았습니다
그러나 당신의 마음을 보지 못하얏습니다
당신이 나의 사진과 어떤 여자의 사진을 같이 들고 볼 때에 당신의 마음이 두 사진의 사이에서 초록빛이 되는 것을 분명히 보았습니다

나는 당신의 발톱이 희고 발꿈치가 둥근 것도 보았습니다
그러나 당신의 마음을 보지 못하얏습니다

당신이 떠나시려고 나의 큰 보석반지를 주머니에 넣으실 때에 당신의
마음이 보석반지 너머로 얼굴을 가리고 숨는 것을 분명히 보았습니다

# 여름밤이 길어요

당신이 기실 때에는 겨울밤이 쩌르더니 당신이 가신 뒤에는 여름밤이 길어요

책력의 內容(내용)이 그릇되얏나 하얏더니 개똥불이 흐르고 벌레가 웁니다

긴 밤은 어데서 오고 어데로 가는 줄을 분명히 알었습니다

긴 밤은 근심 바다의 첫 물결에서 나와서 슬픈 音樂(음악)이 되고 아득한 沙漠(사막)이 되더니 필경 絶望(절망)의 城(성) 너머로 가서 惡魔(악마)의 웃음 속으로 들어갑니다

그러나 당신이 오시면 나는 사랑의 칼을 가지고 긴 밤을 베이서 一千(일천) 도막을 내겠습니다

당신이 기실 때는 겨울밤이 쩌르더니 당신이 가신 뒤는 여름밤이 길어요

## 冥想(명상)

아득한 冥想(명상)의 적은 배는 가이없이 출렁거리는 달빛의 물결에 漂流(표류)되야
멀고 먼 별나라를 넘고 또 넘어서 이름도 모르는 나라에 이르렀습니다

이 나라에는 어린 아기의 微笑(미소)와 봄 아침과 바다 소리가 合(합)하야 사람
이 되얏습니다

이 나라 사람은 玉璽(옥새)의 귀한 줄도 모르고 黃金(황금)을 밟고 다니고 美人(미인)의
靑春(청춘)을 사랑할 줄도 모릅니다

이 나라 사람은 웃음을 좋아하고 푸른 하늘을 좋아합니다

冥想(명상)의 배를 이 나라의 宮殿(궁전)에 매었더니 이 나라 사람들은 나의 손을
잡고 같이 살자고 합니다

그러나 나는 님이 오시면 그의 가슴에 天國을 꾸미라고 돌어왔습니다
달빛의 물결은 흰 구슬을 머리에 이고 춤추는 어린 풀의 장단을 맞추
어 우줄거립니다

## 七夕(칠석)

「차라리 님이 없이 스스로 님이 되고 살지언정 하늘 위의 織女星(직녀성)은 되지 않겠어요 네 네」 나는 언제인지 님의 눈을 쳐다보며 조금 아양스런 소리로 이렇게 말하얏습니다

이 말은 牽牛(견우)의 님을 그리우는 織女(직녀)가 일 년에 한 번씩 만나는 七夕(칠석)을 어찌 기다리나 하는 同情(동정)의 咀呪(저주)였습니다

이 말에는 나는 모란꽃에 취한 나비처럼 一生(일생)을 님의 키쓰에 바쁘게 지나겠다는 교만한 盟誓(맹서)가 숨어 있습니다

아아 알 수 없는 것은 運命(운명)이요 지키기 어려운 것은 盟誓(맹서)입니다

나의 머리가 당신의 팔 위에 도리질을 한 지가 七夕(칠석)을 열 번이나 지

나고 또 몇 번을 지내었습니다
그러나 그들은 나를 용서하고 불쌍히 여길 뿐이요 무슨 復讎的咀呪(복수적저주)를 아니하얏습니다

그들은 밤마다 밤마다 銀河水(은하수)를 사이에 두고 마주 건너다보며 이야기하고 놉니다
그들은 햇죽햇죽 웃는 銀河水(은하수)의 江岸(강안)에서 물을 한 줌씩 쥐어서 서로 던지고 다시 뉘우쳐 합니다
그들은 물에다 발을 담그고 반 비슥이 누워서 서로 안 보는 체하고 무슨 노래를 부릅니다
그들은 갈잎으로 배를 만들고 그 배에다 무슨 글을 써서 물에 띄우고 입김으로 불어서 서로 보냅니다 그러고 서로 글을 보고 理解(이해)하지 못하

는 것처럼 잠자코 있습니다
그들은 돌어갈 때에는 서로 보고 웃기만 하고 아무 말도 아니합니다

지금은 七月七夕날 밤입니다
그들은 蘭草실로 주름을 접은 蓮꽃의 윗옷을 입었습니다
그들은 한 구슬에 일곱 빛 나는 桂樹나무 열매의 노리개를 찼습니다
키쓰의 술에 醉할 것을 想像하는 그들의 빰은 먼저 기쁨을 못 이기는
自己의 熱情에 醉하야 반이나 붉었습니다
그들은 烏鵲橋를 건너갈 때에 걸음을 밈추고 윗옷의 뒷자락을 檢査
합니다
그들은 烏鵲橋를 건너서 서로 抱擁하는 동안에 눈물과 웃음이 順序
를 잃더니 다시금 恭敬하는 얼굴을 보입니다

아아 알 수 없는 것은 運命(운명)이요 지키기 어려운 것은 盟誓(맹서)입니다

나는 그들의 사랑이 表現(표현)인 것을 보았습니다
진정한 사랑은 表現(표현)할 수가 없습니다
그들은 나의 사랑을 볼 수는 없습니다
사랑의 神聖(신성)은 表現(표현)에 있지 않고 秘密(비밀)에 있습니다
그들이 나를 하늘로 오라고 손짓을 한대도 나는 가지 않겠습니다
지금은 七月七夕(칠월칠석)날 밤입니다

## 生의 藝術

모르는 결에 쉬어지는 한숨은 봄바람이 되야서 야윈 얼굴을 비치는
거울에 이슬꽃을 핍니다
나의 周圍에는 和氣라고는 한숨의 봄바람밖에는 아무것도 없습니다
하염없이 흐르는 눈물은 水晶이 되야서 깨끗한 슬픔의 聖境을 비춥니다
나는 눈물의 水晶이 아니면 이 세상이 寶物이라고는 하나도 없습니다

한숨의 봄바람과 눈물의 水晶은 떠난 님을 기루어하는 情의 秋收입니다
저리고 쓰린 슬픔은 힘이 되고 熱이 되야서 어린 羊과 같은 적은 목
숨을 살어 움직이게 합니다
님이 주시는 한숨과 눈물은 아름다운 生의 藝術입니다

# 꽃싸옴

당신은 두견화를 심으실 때에 「꽃이 피거든 꽃싸옴하자」고 나에게 말하얏슴니다

꽃은 피어서 시들어 가는데 당신은 옛 맹서를 잊으시고 아니 오십니까

나는 한 손에 붉은 꽃수염을 가지고 한 손에 흰 꽃수염을 가시고 꽃싸옴을 하여서 이기는 것은 당신이라 하고 지는 것은 내가 됩니다

그러나 정말로 당신을 만나서 꽃싸옴을 하게 되면 나는 붉은 꽃수염을 가지고 당신은 흰 꽃수염을 가지게 합니다

그러면 당신은 나에게 번번이 지십니다

그것은 내가 이기기를 좋아하는 것이 아니라 당신이 나에게 지기를

기뻐하는 까닭입니다
번번이 이긴 나는 당신에게 우승의 상을 달라고 조르겠습니다
그러면 당신은 빙긋이 웃으며 나의 뺨에 입 맞추겠습니다
꽃은 피어서 시들어가는데 당신은 옛 맹서를 잊으시고 아니 오십니까

# 거문고 탈 때

달 아래에서 거문고를 타기는 근심을 잊을까 함이러니 출곡조가 끝나기
전에 눈물이 앞을 가려서 밤은 바다가 되고 거문고 줄은 무지개가 됩니다
거문고 소리가 높었다가 가늘고 가늘다가 높을 때에 당신은 거문고
줄에서 그네를 뜁니다
마즈막 소리가 바람을 따러서 느티나무 그늘로 사러질 때에 당신은
나를 힘없이 보면서 아득한 눈을 감습니다
아아 당신은 사라지는 거문고 소리를 따라서 아득한 눈을 감습니다

# 오서요

오서요 당신은 오실 때가 되얏어요 어서 오서요
당신은 당신의 오실 때가 언제인지 아십니까 당신의 오실 때는 나의
기다리는 때입니다

당신은 나의 꽃밭으로 오서요 나의 꽃밭에는 꽃들이 피어있습니다
만일 당신을 쫓어오는 사람이 있으면 당신은 꽃 속으로 들어가서 숨
으십시오
나는 나비가 되야서 당신 숨은 꽃 위에 가서 앉겠습니다
그러면 쫓어오는 사람이 당신을 찾을 수는 없습니다
오서요 당신은 오실 때가 되얏습니다 어서 오서요

당신은 나의 품에로 오서요 나의 품에는 보드러운 가슴이 있습니다
만일 당신을 쫓어오는 사람이 있으면 당신은 머리를 숙여서 나의 가슴에 대입시오
나의 가슴은 당신이 만질 때에는 물같이 보드러웁지마는 당신의 危險(위험)을 위하야는 黃金(황금)의 칼도 되고 鋼鐵(강철)의 방패도 됩니다
나의 가슴은 말굽에 밟힌 落花(낙화)가 될지언정 당신의 머리가 나의 가슴에서 떨어질 수는 없습니다
그러면 쫓어오는 사람이 당신에게 손을 대일 수는 없습니다
오서요 당신은 오실 때가 되얏습니다 어서 오서요

당신은 나의 죽음 속으로 오서요 죽음은 당신을 위하야의 準備(준비)가 언

제든지 되야 있습니다
만일 당신을 좇어오는 사람이 있으면 당신은 나의 죽음의 뒤에 서십시오
죽음은 虛無(허무)와 萬能(만능)이 하나입니다
죽음의 사랑은 無限(무한)인 同時(동시)에 無窮(무궁)입니다
죽음의 앞에는 軍艦(군함)과 砲臺(포대)가 티끌이 됩니다
죽음의 앞에는 強者(강자)와 弱者(약자)가 벗이 됩니다
그러면 좇어오는 사람이 당신을 잡을 수는 없습니다
오서요 당신은 오실 때가 되얏습니다 어서 오서요

## 快樂(쾌락)

님이여 당신은 나를 당신 기신 때처럼 잘 있는 줄로 아십니까
그러면 당신은 나를 아신다고 할 수가 없습니다

당신이 나를 두고 멀리 가신 뒤로는 나는 기쁨이라고는 달도 없는 가을하늘에 외기러기의 발자취만치도 없습니다

거울을 볼 때에 절로 오던 웃음도 오지 않습니다
꽃나무를 심고 물 주고 북돋우던 일도 아니합니다
고요한 달그림자가 소리 없이 걸어와서 엷은 창에 소곤거리는 소리도 듣기 싫습니다

가물고 더운 여름하늘에 소낙비가 지나간 뒤에 산모롱이의 적은 숲에서 나는 서늘한 맛도 달지 않습니다
동무도 없고 노리개도 없습니다
나는 당신 가신 뒤에 이 세상에서 얻기 어려운 快樂(쾌락)이 있습니다
그것은 다른 것이 아니라 이따금 실컷 우는 것입니다

## 苦待(고대)

당신은 나로 하야금 날마다 날마다 당신을 기다리게 합니다

해가 저물어 산 그림자가 촌집을 덮을 때에 나는 期約(기약) 없는 期待(기대)를 가지고 마을 숲 밖에 가서 기다리고 있습니다

소를 몰고 오는 아이들의 풀잎피리는 제 소리에 목메입니다

먼 나무로 돌어가는 새들은 저녁 연기에 헤엄칩니다

숲들은 바람과의 遊戱(유희)를 그치고 잠잠히 섰습니다 그것은 나에게 同情(동정)하는 表象(표상)입니다

시내를 따라 굽이친 모랫길이 어둠의 품에 안겨서 잠들 때에 나는 고요하고 아득한 하늘에 긴 한숨의 사라진 자취를 남기고 게으른 걸음으로 돌어옵니다

# 默沈의 님

당신은 나로 하여금 날마다 날마다 당신을 기다리게 합니다

어둠의 입이 黃昏(황혼)의 엷은 빛을 삼킬 때에 나는 시름없이 문밖에 서서
당신을 기다립니다

다시 오는 별들은 고운 눈으로 반가운 表情(표정)을 빛내면서 머리를 조아
다투어 인사합니다

풀 사이의 벌레들은 이상한 노래로 白晝(백주)의 모든 生命(생명)의 戰爭(전쟁)을 쉬게
하는 平和(평화)의 밤을 供養(공양)합니다

네모진 적은 못의 蓮(연)잎 위에 발자취 소리를 내는 실없는 바람이 나를
嘲弄(조롱)할 때에 나는 아득한 생각이 날카로운 怨望(원망)으로 化(화)합니다

당신은 나로 하야금 날마다 날마다 당신을 기다리게 합니다

# 默沈의 님

一定(일정)한 步調(보조)로 걸어가는 私情(사정)없는 時間(시간)이 모든 希望(희망)을 채찍질하야 밤과 함께 몰어갈 때에 나는 쓸쓸한 잠자리에 누워서 당신을 기다립니다

가슴 가운데의 低氣壓(저기압)은 人生(인생)의 海岸(해안)에 暴風雨(폭풍우)를 지어서 三千世界(삼천세계)는 流失(유실)되얏습니다

벗을 잃고 견디지 못하는 가엾은 잔나비는 情(정)의 森林(삼림)에서 저의 숨에 窒息(질식)되얏습니다

宇宙(우주)와 人生(인생)의 根本問題(근본문제)를 解決(해결)하는 大哲學(대철학)은 눈물의 三昧(삼매)에 入定(입정)되얏습니다

나의 「기다림」은 나를 찾다가 못 찾고 저의 自身(자신)까지 잃어버렸습니다

## 사랑의 끝판

네 네 가요 지금 곧 가요

에그 등불을 켜랴다가 초를 거꾸로 꼿었습니다그려 저를 어쩌나 저 사람들이 숭보겄네

님이여 나는 이렇게 바쁩니다 님은 나를 게으르다고 꾸짖습니다 에그 저것 좀 보아 「바쁜 것이 게으른 것이다」 하시네

내가 님의 꾸지람을 듣기로 무엇이 싫겄습니까 다만 님의 거문고 줄이 緩急(완급)을 잃을까 저어합니다

님이여 하늘도 없는 바다를 거쳐서 느릅나무 그늘을 지워버리는 것은 달빛이 아니라 새는 빛입니다

# 默沈의 님

홰를 탄 닭은 날개를 움직입니다
마구에 매인 말은 굽을 칩니다
네 네 가요 이제 곧 가요

## 讀者(독자)에게

讀者(독자)여 나는 詩人(시인)으로 여러분의 앞에 보이는 것을 부끄러합니다

여러분이 나의 詩(시)를 읽을 때에 나를 슬퍼하고 스스로 슬퍼할 줄을 압니다

나는 나의 詩(시)를 讀者(독자)의 子孫(자손)에게까지 읽히고 싶은 마음은 없습니다

그때에는 나의 詩(시)를 읽는 것이 늦은 봄의 꽃수풀에 앉어서 마른 菊花(국화)를
비벼서 코에 대이는 것과 같을는지 모르겠습니다

밤은 얼마나 되얏는지 모르겠습니다

雪嶽山(설악산)의 무거운 그림자는 엷어갑니다

새벽종을 기다리면서 붓을 던집니다

(乙丑(을축)八月(팔월) 二十九日(이십구일) 밤 끝)

# 님의沈默

# 님의 침묵

한용운(1926)

Part of Cow & Bridge Publishing Co.
Web site : www.cafe.naver.com/sowadari
3ga-302, 6-21, 40th St., Guwolro, Namgu, Incheon, #402-848 South Korea
Telephone 0505-719-7787 Facsimile 0505-719-7788 Email sowadari@naver.com

# 님의沈默

Published by Cow & Bridge Publishing Co.
First original edition published by Hoedongseokwan, Korea
This recovering edition published by Cow & Bridge Publishing Co. Korea


님의 침묵 1926년 회동서관 초판본 브랜뉴 에디션(복원본)

**지은이** 한용운 | **디자인** Edward Evans Graphic Centre
**1판 1쇄** 2016년 3월 31일 | **발행인** 김동근 | **발행처** 도서출판 소와다리
**주소** 인천시 남구 구월로 40번길 6-21 제302호
**대표전화** 0505-719-7787 | **팩스** 0505-719-7788 | **출판등록** 제2011-000015호
**이메일** sowadari@naver.com
ISBN 978-89-98046-72-9 (04810)